文學の森

真青

抜井諒一　句集

Nukui Ryouichi

尊八百神

――自然崇拝の心

真青◇目次

題簽・篆刻・章題揮毫　山本素竹
装丁　宿南　勇

句集

真青

新年

手袋の白き敬礼初列車

初列車帰りは眠りゐるばかり

海老のひげ餅にくつ付く雑煮かな

托鉢の僧の白足袋年新た

二日はや猫の出掛けてをりにけり

三食の境失ふ三が日

初春の湯気たくましき朝湯かな

春

立春を口実に酌む昼の酒

古巣など気にしてをらぬ鳥ばかり

雨よりもゆつくり雪解雫かな

まづ岩の周り解氷始まりぬ

凍解くる湖に人魚のゐる音か

薄氷の下に漣生まれけり

みな同じ雲を見てゐる黄水仙

梢から解けてゆきぬ春の雲

日の透けし紅梅にある白さかな

白梅に紅き蕾のありにけり

梅の香の高さに子ども抱き上げし

春の日や漣ひとつづつ光る

前髪と額のあはひ木の芽風

麗日やうすももいろの猫の耳

大袈裟に笑ふことにも春めきし

浮上して濡れてをらざる春の鴨

春風に蛇口の水のよろめける

春風やキャッチボールの音ずれる

木洩れ日の花に集まりたる椿

強東風に畑の匂ひ戻りけり

初蝶やわたしひとりの為に舞ふ

初蝶の止まりて翅を緩めざる

猫の子を一先づ段ボール箱へ
眩しくて眠くて子猫目を閉ぢる

片方は鈴つけてゐる恋の猫

顔よりも大きなあくび春の猫

霞ひく今日は別れの日なりけり
眠る児を眺めてをりし雛かな

電話に夢中野遊びに来たけれど
満月の赤くなりたる黄砂かな

さくら餅包み紙までさくら色
まだ鳥の気づいてをらぬ初桜

歌謡曲流れ花茶屋らしくなり

日当たりて赤くなりたる朝桜

幕の内弁当にある花の影
花人のまま仕事へと戻りたる

山よりも大きく桜ありにけり

出し抜けに校歌始まる花の宴

枝よりも花雪洞を揺らす風

故郷の地酒出てゐる花筵

一面の落花の隙間また落花
影に入る落花の白くなりにけり

花冷を隠しきれずにゐる人も

花散らす風に変はつてをりにけり

花屑のひとつながりになる水面

見えてくるほど残つてはをらぬ花

風に声絡まつてゐる雲雀かな

野蒜より野蒜を抜きし手の匂ふ

朧から出られぬ月の光かな

草々の息をひそめし蛙の夜

聴力を遠き蛙に囚はるる

閉ぢ込める息に影ある石鹼玉

見るよりも吹くに忙しき石鹸玉

春の雨止んでをらざる水たまり

猫ねむり児ねむり春の雨の音

ぺつたりと富士を映して水温む

春の水通りし跡の光りけり

春水に覗かれてゐるやうな気も

本当の深さは見せず春の水

吾も春の水の一部でありにけり

春の昼足並みのふと揃ひをり

春宵や酒の飛び込む小盃

春の宵歩みて肺の潤へり

白々と闇を遠ざけ雪柳

夕風の色となりたる藤の花

近寄りて色のぼやけてしまふ藤

海に場所開けてもらつて汐干狩

夏

来し人の小さき挨拶五月来ぬ

初夏の森生れたての影ばかり

日の匂ひ夜風に残り夏めける
葉の上に明るき影のある若葉

葉から葉へ雨を移せる若葉かな

べつたりと月の光や柿若葉

日の匂ひとも葉桜の匂ひとも

温泉にすつかり飽きてこどもの日

更衣して心臓の軽くなる

青蜥蜴S字S字に走りけり

つんと酢が鼻を突くなり夏料理
降り出しの粒の大きな夏の雨

てのひらに小さき闇や蛍狩

ほうたるの入つて来たる傘の中

真青なる闇に触れたる蛍の火
離れ行く程に蛍火たくましく

太陽の光に濡れてゐる青葉
一斉に雨粒乾く青葉かな

かたはらに暗闇のある濃紫陽花

抱き上げて直ぐに嫌がる梅雨の猫

青空の流れて来たる梅雨晴間
緑陰に見えざる影のありにけり

病室のベッドの脇のサングラス
母よりも大き娘のサングラス

水滴の大きさに黴生えてをり

虫籠の砕けんばかり蟬の声

日傘閉ぢつつ地下道へ吸ひ込まる

まだ耳の奥に潮騒夏の草

夏草と力くらべをして負ける
首の骨無きが如くに昼寝の子

黙したる時に麦酒の苦くなり

海底の都市の如くに涼しき灯

村といふよりもほとんど麦畑

白百合の闇を伝うて香りけり

岸の人働いてゐる舟遊び
舟遊び向かうの船も舟遊び

向かう岸からも遊船つぎつぎに
遊船の静かになりて戻りけり

振り返るたびに華やぐ蓮の池

先生のひとときは大き夏帽子

飛ばされし夏帽子みな振り返る

水馬魔法の靴を履いてをり

あめんぼと水の間にある力

水の上で取つ組み合へる水馬

あめんぼの脚の地につく潦

日焼子の開放感とすれ違ふ

別荘の涼しさ自慢されてをり

腕時計外して避暑の客となる

顔よりも汗を見られてをりにけり

児の髪のやはらかく汗かいてをり

水の中なる水色のラムネ壜

午後の日と一緒に流し込むラムネ

風鈴の風のもつれてをりにけり

天瓜粉匂ふと直ぐに祖母の顔

滝に気を取られてをれぬ径となり

山間の一村滝の音の中

岩の上の小さき足跡水遊び

雀ほど大き火蛾ゐる宿の窓

登山口より降りて来る冷気かな

登山道みな触つてはならぬ花

新宿で解散となる登山かな

襖絵の雨の激しき夏座敷

夏蒲団紙の如くに折り畳む

草刈機昏きへ置いてありにけり

兜虫ゐさうな森の匂ひかな

かぶと虫つがひにされて売られたる

下闇の苔むす馬頭観世音

分け入りて滴り飲める程もなく

衣よりも蛇の行方の気になりぬ

葉の上に蛇の涎の光りけり

麓から祭太鼓の音かすか
隣人の団扇の風に当たりをり

路地裏に石鹸の香や夏の月

日の透けて空蟬に魂ある如し

裸子に見つめられつつ着せてをり
手花火を持たざる人のよく喋る

喧噪の一瞬消ゆる花火かな

二時間はほんの一瞬揚花火

開きたる花火に音の間に合はず
花火などなかつたやうな夜空かな

笑ひ声たやすく途切れ夜の秋

秋

蛍光灯それぞれ色の違ふ秋

流燈の群の解けて行きにけり

蜩の声して猫の目を覚ます

しなやかに帯を直せる踊の手

踊子の踊を真似てゐる子かな

森中が川の匂ひの秋出水

台風の晩より猫の戻らざる
彼岸花咲いて故郷らしくなり

秋の風以外は消ゆるものばかり

秋風のはらりと蝶を落としたる

小さき羽欲しコスモスに止まるべく
コスモスのひとつは蝶となりにけり

木の下の暗さの中に澄める秋
呼吸する肺すみずみに秋気澄む

地面てふ不自由なものの天高し

天高くなりたる星の近くなる

秋ともし傷ひとつ無きゆでたまご

秋

秋灯の下に群がる波の影

秋の灯を離れ明るくなる野かな

秋燈下くろぐろ光る児の眼

座る時とるその距離も秋の夜半

すれ違ふ羽音の早さ花野道

秋日傘波打際に屈みたる

ゴーグルをかけて秋刀魚を焼いてをり

秋天の青さの仄かなる暗さ

その上は鳥も知らざる秋の天

焦点のどこまでとなき秋の空

蜻蛉の止まらうとするにぎり飯

とんばうの時折風に隠れけり

秋水に見る別人のやうな顔

秋水の中なる音の無き世界
上るとも下るとも見ゆ秋の水

秋の野に風集まりて川となり
血管の手に青々と透く良夜

しなやかに葉の月光を乗せてをり

開いてゐる戸からするりと月の猫

名月を浮かべ恍惚なる水面
月よりも空の動いてをりにけり

月光と振り向く猫の眼光と
桐一葉落ちたる音の届かざる

外に出れば目に収まらぬ星月夜
名の分かる虫の方へと耳向ける

鉦叩聞こゆ賽銭箱の中

虫の声踏みつつ歩く夜道かな

大方は風に消えゆく虫の声
虫の音の色となりたる夜景かな

目を閉ぢなければ聞こえぬ昼の虫

傍らに人住んでゐる虫の闇

揺れてゐるものに目の行く虫時雨

座りたき椅子に菌が生えてをり

稲刈りを犬うつ伏せて見てをれり

次々と霧の吐き出すロープウェイ

山霧の雨掻き分けて昇りけり
葉の先に発止と止まる露の玉

朝の日になりたき露の光りけり

品書に載つてをらざる新走

秋草や子供の声のよく通る

高きより低きの早き秋の雲

小走りもせずに終へたる体育の日

木の実放して温もりの離れざる

目一杯風つかみたき猫じゃらし

秋の夕山影倒れ来たりけり

足舐めてばつた登れる硝子窓

飛び出して猫に見つかる飛蝗かな

見えずともきちきちばつたそこにゐる

渡されし熟柿に指の沈みけり

冬

散紅葉より降り出しの雨の音

冬紅葉雨の明るさ透けてゆく

色々な音にぶつかり木の葉散る

日陰れば寒禽のこゑ鋭角に

荒畑やひとかたまりの冬の菊

目逸らせばもう見付からぬ落葉かな

水底の落葉ゆらりと起き上がる

埋め尽くす落葉にからうじて小川

手に取りて大きくなりし朴落葉

動くたび落葉鳴らしてしまふ鳥

背負ふ人より重さうな落葉籠

生きてゐる如く冬日の中の塵

案内板まで冬枯れてをりにけり

木道をすれ違ふとき枯野踏む

冬耕の上を離れぬ鳥の群

一群の鳥吹き戻す空つ風

大綿をぽうんと風の蹴り上げし

立ち止まるとき綿虫を見失ふ

話から爆ぜたる炭の方へ耳

釣銭を渡す手に胼ありにけり

だんだんと蒲団になつてゆく体

山かたくかたくなりたる冬の雲

風止めば小春日和と言へる空

いそいそと小春の光こする蠅

水音に疲れてしまふ風邪心地
根深汁出して暗がりへと消える

おでん酒卓の人みな初対面

持つてくる度に熱さの違ふ燗

焚火から目を逸らさずに話しをり

客人の隅から入る炬燵かな

猪鍋を囲みて男勝りなる

冬の水たやすく光には触れぬ

鳰消えて視線取り残されてをり

舟行かすために崩せる鴨の陣

人乗せて芝生大きな日向ぼこ

喋つても黙つてゐても息白し

急ぎ来しことを隠せぬ白き息

顔離すとき冬薔薇の香りけり

クリスマスケーキの為の腹八分

咳一つ一つに夜の深まりぬ

大寒波来て青空の薄つぺら

笑ひたる頬悴んでをりにけり

燦々と注ぐ日差しに悴みぬ
手袋をさらりと取りて手を握る

水洟をひとすすりしてまた黙す
握りたる拳の中にある寒さ

鼻の穴寒さ二手に分かれけり

風の音止みたるよりの寒さかな

ポケットの中に寒さのにじみ出す

争へる熊を見てゐる狐かな

着ぶくれてゐても変はらぬ歩き方
セーターを脱ぎて山路の長さかな

銭湯の戸で冬蠅とすれ違ふ

幾本も煙草を刺されたる火鉢

撞く度に近づいて来し除夜の鐘

騒ぎゐることの寂しさ年忘

寒鮒の小さく破れる水の黙

垂れながら透明になる氷柱かな

裏側に空の色ある軒氷柱

夜景より近くにありぬ冬の月

雲に触れたる寒月の進み出す
寒月の光しづけさへと変はる

身の中を走る早さも寒の水

かたくなに凍湖に足を乗せぬ人

幾千の気泡凍りし湖の中
暁光の一瞬に雪白くなり

雪のほか啄む物の無き林
一枚の雲の影行く雪の上

ともし火に雪現れて消えにけり

松明に影揺らぎたる雪女郎

動くもの逃さぬ視線雪の中
青空を見上げ雪眼に気付きたる

汚れたる雪から水となりにけり

雪原の一歩に風の殺到す

いちめんの雪に焦点失へり
橇から子毬の如くに転げ落つ

寒卵割りてこぼるる光かな

夜の視界広くなりたる春隣

蠟梅の日差しに香りありにけり

句集　真青　畢

あとがき

本書は私の処女句集である。などと記すと、いかにも満を持して編んだ作品のようだが、実際は平成二十七年晩秋に北斗賞受賞の報を受け、あたふたと纏めたものである。北斗賞の一五〇句に自選の一五〇句を加え、三〇〇句を収録した。

平成二十年の秋夜。知人に誘われ、子持山の麓にある山本素竹邸で開催されている句会の末席に座ったことが始まり。否、その日の帰り際に素竹氏から頂いた句集『百句』（台所の隅に一冊だけ残っていた）を読んだことが始まりか。それから八年の歳月を経て、人や自然との出会いに恵まれたおかげで本句集に収録した句が得られた。

自然から得た直感を、それがいかに微弱なるものであろうと、逃さず一句にすることを心がけてきた。作の出来、不出来や評価などよりも、心の動きを素直に表現出来ているか、その一点を大切にしてきたつもりである。なんにせよ、俳句が好き。その一念であったし、これからもそうありたい。

同人誌『群青』の櫂未知子、佐藤郁良両代表と誌友。「卯浪俳句会」の今井肖子氏をはじめ、各講師と仲間たち。第六回北斗賞選考委員の小島健、浦川聡子、木暮陶句郎各先生。制作に手を煩わせた「文學の森」の皆さまに、感謝申し上げる。

そしてなにより、題簽・章題の揮毫と篆刻を賜った山本素竹氏に、深く敬意を表する。

平成二十八年九月

抜井諒一

著者略歴

抜井諒一（ぬくい・りょういち）

昭和57年　群馬県生まれ
平成20年　句作を開始
平成22年　山本素竹に師事
平成23年　第３回石田波郷新人賞奨励賞
平成24年　第23回日本伝統俳句協会新人賞
平成25年　第１回星野立子新人賞
平成28年　第６回北斗賞

日本伝統俳句協会会員
俳句同人誌「群青」同人

現住所　〒272-0822
千葉県市川市宮久保2-21-8

句集　真青《まさお》

発　行　平成二十八年十月十五日
著　者　抜井諒一
発行者　大山基利
発行所　株式会社　文學の森
〒一六九-〇〇七五
東京都新宿区高田馬場二-一-二　田島ビル八階
tel 03-5292-9188　fax 03-5292-9199
e-mail mori@bungak.com
ホームページ　http://www.bungak.com
印刷・製本　潮　貞男

ISBN978-4-86438-568-8　C0092